poesias dançantes

PROJETO GRÁFICO
Maíra Melo

ILUSTRAÇÕES
Marcel Melo

BORDADOS
Nelita Melo e Maíra Melo

REVISÃO
Valter Braga

ASSISTÊNCIA EDITORIAL
Rita Davis

EDITORES
Alencar Perdigão
Cláudia Masini
Luciana Tanure
Thásia de Medeiros

CAPA: Ilustração feita a partir de foto de Piedra Magnani e Mírian Santos
PÁG. 56: Ilustração feita a partir de foto de Nino Andrés
PÁG. 62: Ilustração feita a partir de foto de Fernando Martins
PÁG. 80: Ilustração feita a partir de foto do acervo pessoal da artista

Catalogação na Publicação (CIP)

D261

Poesias dançantes / Paula Davis; ilustrações Maíra Melo, Marcel Melo e Nelita Melo. 1.ed. - Belo Horizonte: Quixote+Do, 2019. 86 p.: il. color.

ISBN 978-85-66256-57-4

1. Poesia brasileira 2. Dança I. Melo, Maíra II. Melo Marcel III. Melo Nelita IV. Título.

CDD: B869.1

Bibliotecária responsável Fernanda Gomes de Souza CRB-6/2472

Quixote+Do Editoras Associadas
www.quixote-do.com.br
Rua Fernandes Tourinho, 274
Belo Horizonte, MG, Brasil
Tel: (31) 3227.3077

poesias dançantes

Paula Davis

EDITORAS ASSOCIADAS

“Isto será como um remédio para o seu corpo
e refrigério para os seus ossos.”

Provérbios 3:8

"instaura na pele do papel
registro
marcas de impressões
corpo
pele
corpo"

Dudude

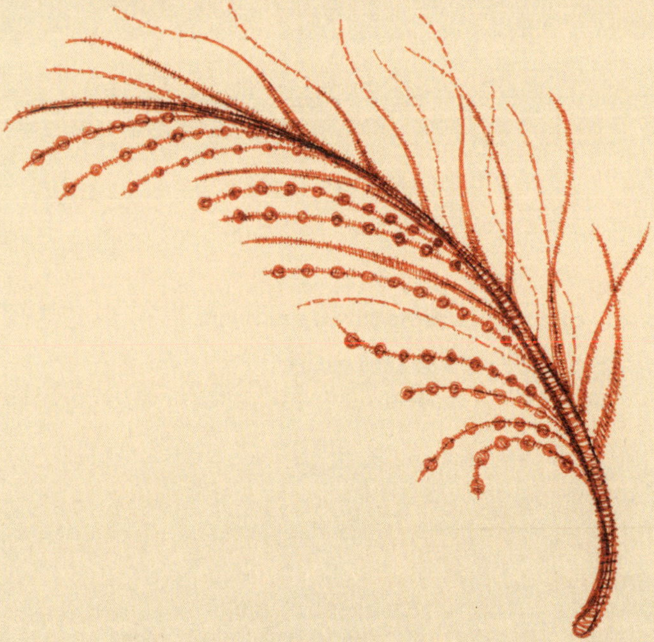

rota de fuga

Vou dançar palavras escritas.

Coreografá-las com a pena.
Caligrafá-las com o corpo.

Não danço palavras faladas
porque não quero levantar suspeitas.

Agora só levanto voo.

sem legenda

Tudo o que não entendo
é espaço vazio dentro de mim,
debaixo da pele,
lambendo o osso.

maratona

Primeiro sinal

O chão manchou do branco das gavetas que atirei.
A tinta marcou também a linha de chegada. Ao fim.
As farpas eu cuspi.

Segundo sinal

Dobrei com paciência peça por peça.
Escolhi o vestido surrado e um salto.
Fiz o coque baixo com o partido ao meio.

Terceiro sinal

Pronta para a próxima largada.

molho pardo

Acordei crua e sem tempero
refogada em palavras soltas.
Cisquei pontos e vírgulas
à procura do caminho de casa.
Enfileirei os dias e salguei com lágrimas
a distância da volta.

Amoleci o pescoço à espera do golpe.

Ai, meus amores
Ai, eu sozinha
Ai, ponta de faca afiada.

O almoço foi servido.

detalhes

Quando sou feliz
não me lembro do corpo todo.
Quando sou triste
ressalto partes
sofro cada dedo do pé
sou os encraves.

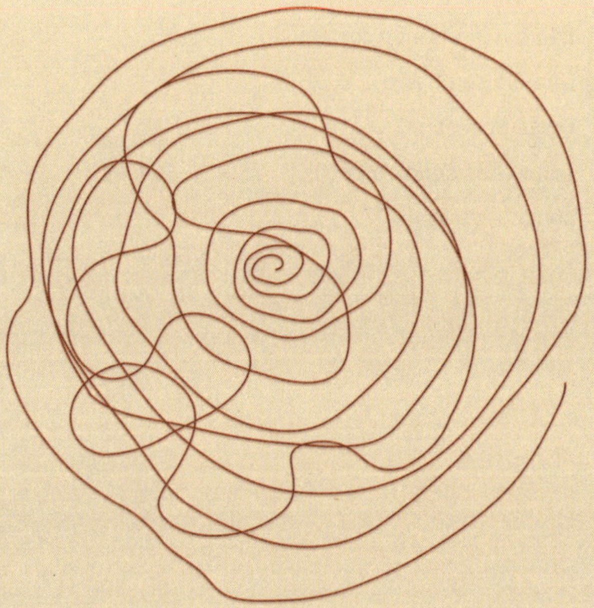

chão é moderno

Pousei na quietude do nada
dialoguei com o crânio
fiz ponte com o sacro
reverberei minha alma no espaço

e escutei o silêncio.

Fui meu próprio tapete.

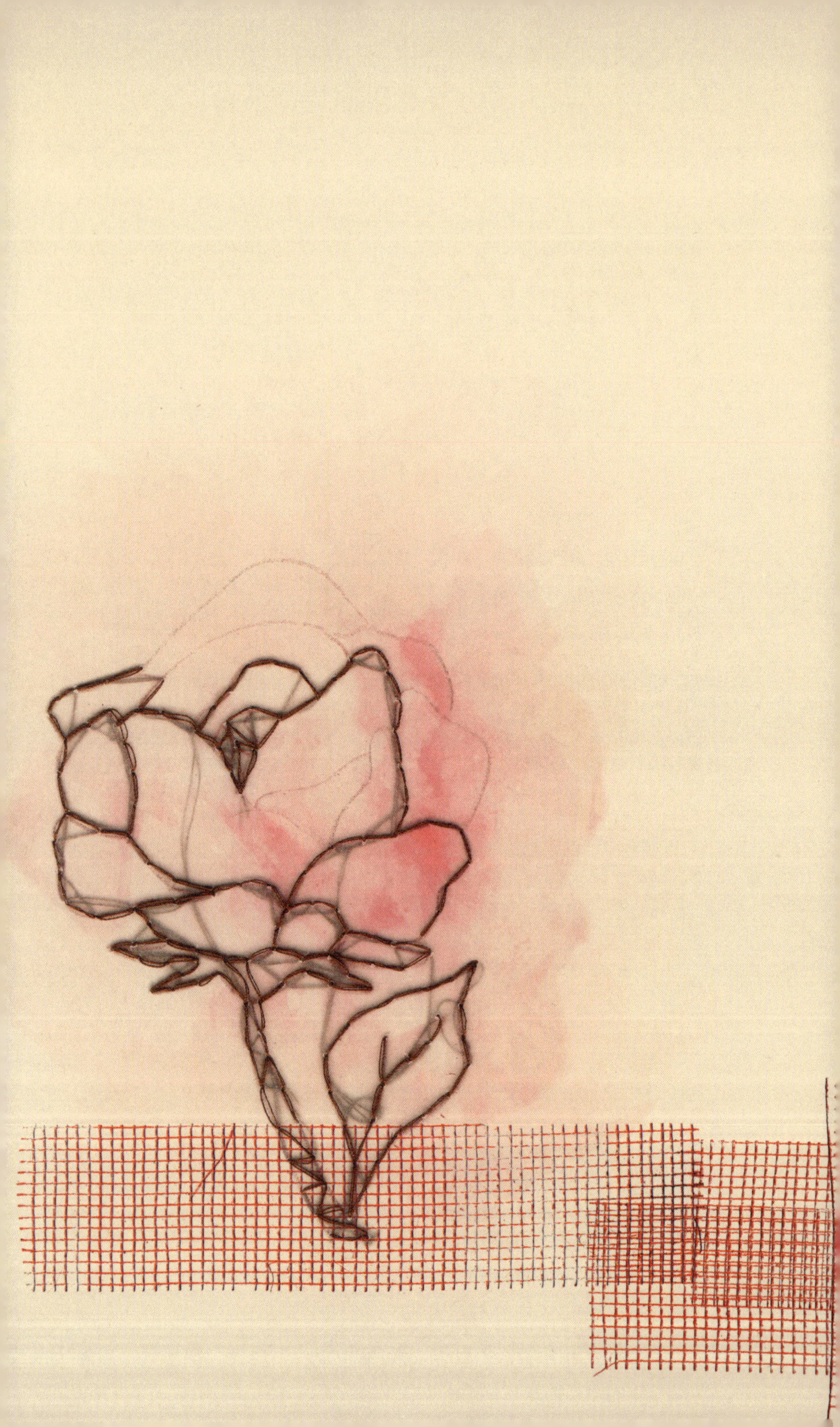

curativo

Me machucar tantas vezes.
Esfolar. Arder.
E depois fazer as compressas.

Por que criar movimentos que me machucam?
Sim, estou moída de alma.
E cada pedaço do meu corpo é carne viva
que clama pela misericórdia do amanhã.

E se não houver o amanhã?

Tudo terá sido dançado.

tráfego de órgãos

Vi o dentro e percorri o caminho da criação.

A mulher é oca.
O homem, compacto.
Com Deus, o pacto
de algo eterno
enquanto existir amor.

A violência existe dentro.
É feminina.
Uterina legítima.

cicatriz

Mutilados os membros, vamos ao ventre:

o avesso das partes,
o podre do avesso,
a fome.

A costura é para além-vida.
Lenta.
Magnífica.

soleil

Lavo o rosto e me animo.
Hoje quero ser artista de circo.
Ainda não me resolvi, talvez queira entrar com os cães adestrados
para depois libertá-los.
Ou ser a assistente do mágico, que é sempre tão bonita.
A única certeza é a de que não quero ser contorcionista.

É uma linha tênue que separa a beleza do excesso,
a fruição do espanto.

Por que o palhaço é triste?
Por que o circo existe?

Pelo mesmo motivo que cuspo fogo.

amarelo

Sinto o sol começar seu aquecimento.
Movimentos amplos, amarelos elásticos.

Cor poderosa, precursora, dominante,
autocontroladora.

O amarelo que faz mexer
e que empurra também.

O amarelo me anula com seu fazer.
Figurino dessa cor não uso.

Amarelo é definitivamente a cor que me falta.

congênito

Moderno

Contemporâneo

Dança-Teatro

Jam Session

Contato-Improvisação

Muito deita e rola

e aquela tara por tule.

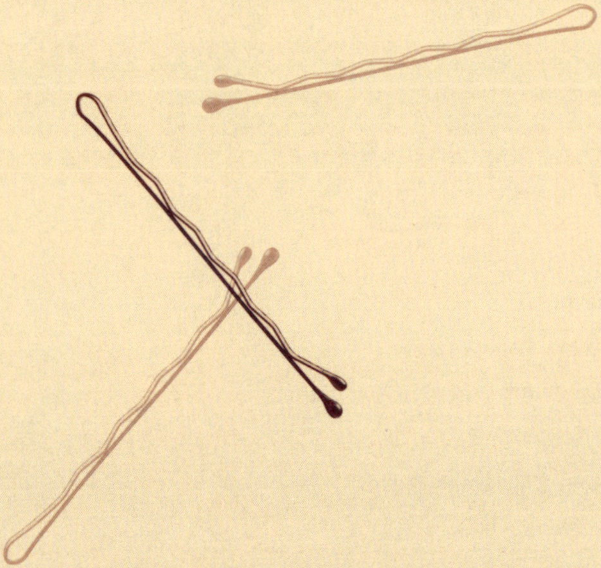

morena mia

para Morena Nascimento

O que dizer?
Dançar.

Suspirar o que até então não era visível.
Testemunhar a gaiola aberta pro espanto.

Tudo ali transbordava
e bordava o fado (o fardo?) com as mãos.

Depois arrancava tudo com a ponta das unhas
num emaranhado de fios, cabelos e grampos.

Grampos que nos seus cabelos se tornavam artigos de luxo.

Que coragem de exibir os grampos!

Nunca expus os meus.
Sempre os escondi bem.
Mas já usei asas de anjo também.

Quando te conheci você tinha cinco anos. Cara de anjo.
Só não me lembro se usava grampos.

lego

Cada um senta com a parte que quer.

Fala com a parte que quer.

Pensa com a parte que quer.

Cada um constrói a sua morada.

miopia do efêmero

Andar às cegas pelo palco já desmontado.

Aquele despedir sofrido do que não quer mais se lembrar.

Sujeira preta pregada nos pés.
Suor seco.
Tudo borrado.

Agora é encontrar as lentes.

solo para Severina

ao som de Noite Severina - Lula Queiroga e Pedro Luís

Tive unhas quebradas,
dedos e olhos feridos.
Senti minha alma flutuar do corpo.

Me cortei com os cacos
de algo que nem se quebrou.
Fui as pedras.
Fui a britadeira.
Sombra no lençol.

Agora expurgo os restos cortantes
pelas palmas das mãos
solas dos pés
e língua.

Os olhos se movem sem se abrir.

o piano

Ao primeiro acorde,
a delícia de morrer outra vez.

Morte ritmada, plena.
Ato seriamente sagrado
que encaro com muita disciplina.

Ei, não me chame agora!
Preciso descansar de mim.

A gente se fala daqui uma hora e meia, mais ou menos.
Estarei então ressuscitada,
desatada, toda ouvidos.

ausência

Nem sei onde estive.

Mas sei que fui.

conta-gotas

Um passo
uma gota

um passo
uma gota

um passo
uma gota

um passo
uma gota

gota
gota
gota

gota.

Pinguei a nascente,
o leito e a foz.
Submergi.

travessia

O dilúvio aconteceu.
Naufragaram as minhas partes.
Poucas sobraram.
Umas mofadas, outras murchas, outras inchadas.

No meu anseio de Noé
amontoei os restos encharcados
e salvei-me pelas costelas.
As flutuantes.

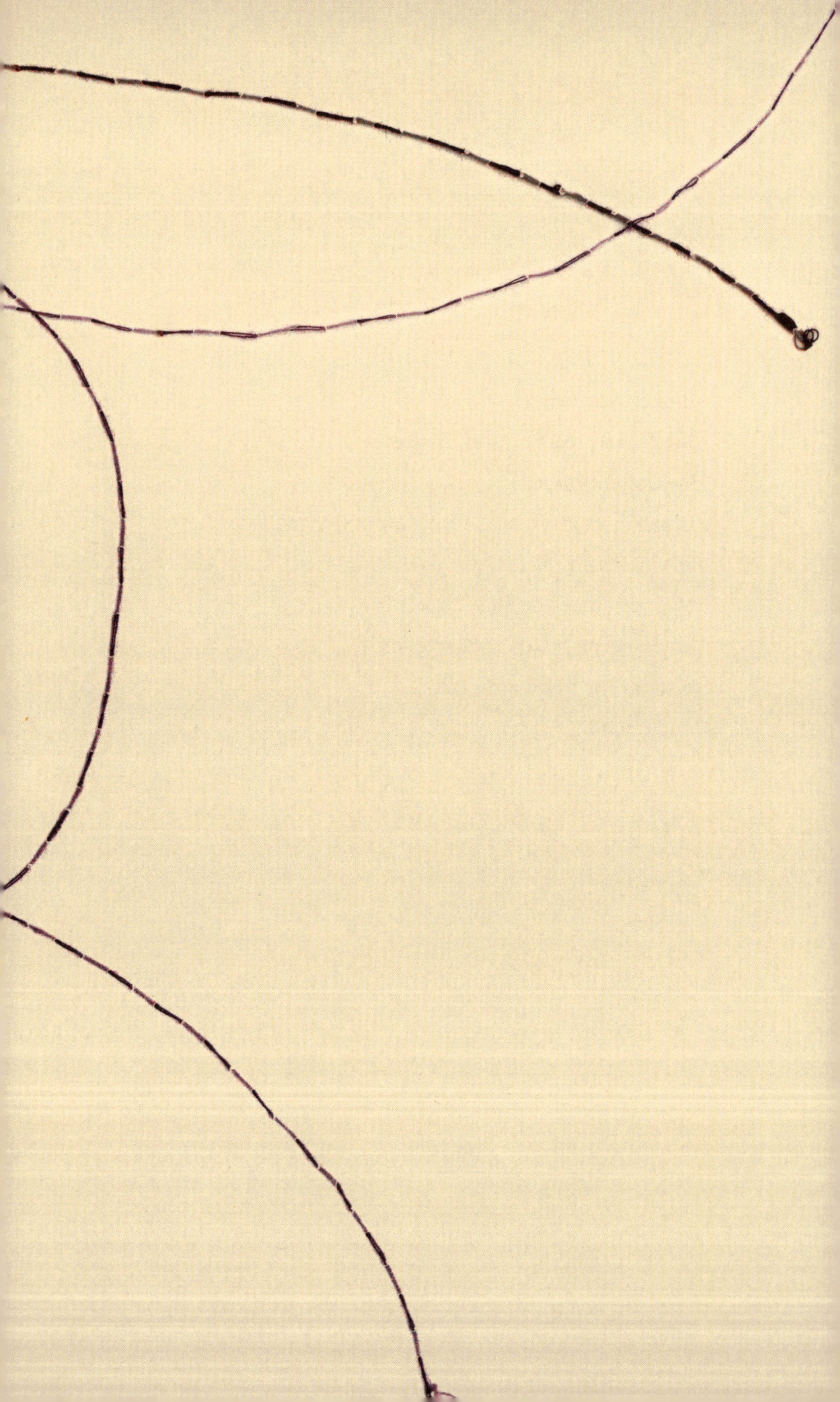

querência

Resolvi ficar de pé sobre as pernas.

Resolvi me equilibrar numa perna só.

Resolvi tirar as duas pernas do chão.

Uma breve interrupção do fim.

Quis então dançar todas as minhas quedas.

Como é bom querer.

pedra

para Petra Costa

Elenas, olmos, gaivotas, Petras e pedras.

Estou soterrada.
Não me mexo.
Não sinto o corpo.

Respiro.
Escuto.
Deságuo.

Já fui Amélie e me derreti em água.

Hoje me derreto em lama.
Escorro toda a sujeira e a precariedade
de ser humana.

Quero ser pedra.

vejo flores
em meus
pés

Centro do Rio
memórias de um abraço
ou seria de um beijo?

Histórias de um presente
que já eram o meu passado.
Quanta vida cabia naquele quarto.

Posso escrever hoje à noite?
Não quero presentes.
Nem pizza.
Obrigada.

Já me fartei de *fast-food*
pra economizar a diária.
Vou voltar pra casa com um salário!
Obrigada por cuidar da minha menina.

O que eu posso escrever hoje à noite?
Vou escrever um livro pra ela.
Pra minha menina
que me espera em casa.

Quem sabe ela vem me ver um dia?
Vou dançar todas as noites.
O teatro é velho, assustador.
Mas olha pra mim!

Você verá flores em meus pés.

doze de junho em Madri

Morcegos de teatro.
Que preguiça!

Espera que passam.

Mas não passam
e mais tarde se transformam em fantasmas.

Fantasmas de hotel.
Quanta solidão!

Espera que liga.

Mas não liga
e mais tarde vão juntos a uma festa à fantasia.

Os fantasmas, os morcegos e os caipiras.

em busca do solo perdido

Conheci Satie e o amei loucamente.

Ou melhor, perdidamente.

Daquele dia em diante não me encontrei mais.

Fiz o mesmo percurso inúmeras vezes

indo e vindo exaustivamente, e nada.

Como nos sonhos em que corro, corro mas não saio do lugar.

Por que sempre sonho com a fraqueza das pernas?

Elas sempre me pareceram tão fortes!

Erik é um nome forte. Nome de rei.

Mas Satie é meu pseudônimo, minha fraqueza das pernas.

Depois dele não tive mais impulso. Só vontade.

E o pulso ainda lateja acelerado.

A lástima dos meus dezenove anos

e o enfrentamento das perdas.

Permanentemente em cartaz, o solo perdido.

lágrimas

O que não deu pra chorar,

eu dancei.

eixo

ao som de Soul by Soul - Carlinhos Brown

Judy já me disse que eixo
é algo imaginário que atravessa o centro do meu corpo
e que em torno desse algo que não existe
eu posso girar.

Judy já me disse que lá é tudo azul.
E que eu posso girar sem medo.
Ela vai estar sempre aqui
pra me esperar.

Come on my love
vem dançar!

sete doses

Gina me pergunta qual o objetivo dos filmes europeus.
Acho tanta graça que nem me importo com a resposta.
Como assim *Les Amants du Pont-Neuf* precisa de objetivo?

Um pedaço de mim ficou na sala do cinema
fazendo companhia para as dúvidas dela.
Que fiquem lá!

Vamos pro Janis.
Blues, jazz, metais e me conformo, com certo pesar,
em me transportar da França para os EUA.

Sete doses.
Sete vidas *du chat Chartreux*.
Todas sem gelo, sem guaraná e sem objetivo.

Preciso trabalhar às onze.
Dá pra dormir o suficiente
e sonhar com a Gina atravessando pontes.

café com valsa

Gosto de tomar meu café valsando.
Sorver em goles ternários
o sabor do *blend* das memórias.

Pós-baile, a degustação do salão vazio
cheio de possibilidades.
E mais uma xícara.

E mais uma.

Um, dois, três, um, dois, três, um, dois, três...

Notas de grãos compassadas
giros, giros e giros.
Meu par me espera à mesa.

Grão-duque e grã-duquesa.

pas de deux

Vai ser difícil assim.

Vai ser bom assim.

Merece um brinde.

Champanhes e *pescadas*.

Bailemos!

baratas se alimentam de cutículas

Todo cuidado é pouco:
carrego em mim vinte possibilidades de ataque.
Vinte iscas coloridas bem *vivace*.

E os nomes idiotas das cores dos esmaltes?
De que adianta serem hipoalergênicos?
Podiam ser repelentes.

Preciso dançar freneticamente.
Um *allegro*, ou melhor, um *presto*.
Sacudir as mãos e os pés num sinal de credo.

Hilário lembrar do que a gente faz
para sonhar o inatingível e, o pior,
correndo o maior dos perigos:

os peitos dos pés debaixo do piano
durante uma vida... cena ridícula!
Baratas se alimentam de cutículas.

holofote

para Tíndaro Silvano

Ele é de Luz.
E, trocadilhos à parte, é brilhante.
Todo superlativo.

Escrevemos juntos palavras dançadas.
E eu adorava os seus espirros.

Expus a coxa grossa adolescente vestida de roxo.
Ela era pesada e enorme. Obscena.

Então já não era mais minha a parte.
Passou a ser uma hipoparte pública.
Escancarada num terrível, não menos obsceno, *grand plié.*

Era o começo de um caminho sem volta.
Caminho de hipopartes expostas,
reluzentes, indecentes e iluminadas inclusive por Claude,
sobrenome asteroide,
contornos contínuos de luz,

Clair de Lune.

qual o tamanho?

Pesar e medir.
Calcular.

Tempo, espaço, volume, superfície, temperatura.
Profundidade.

Moldar a massinha da infância com mãos de meia-idade.
Lapidar o disforme, o sem cheiro, o sem gosto.
Apenas lembranças molhadas.

Como a forma do nada ainda ocupa tanto espaço em mim?
Um espaço cheio do vazio que me lambe o osso.
E depois cava o buraco escuro.

O buraco escuro dos ossos lambidos.

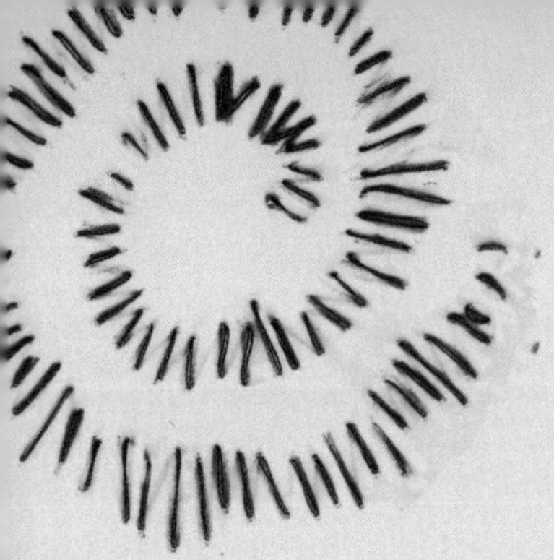

thriller

Quis entreter minha filha no carrinho de bebê
dançando *à la* Michael Jackson com um sorrisão no rosto.
Coisa que eu sabia fazer.

A pequena entrou em pânico.

E ninguém pra me consolar.

Isso não se lembra.
Muito menos se escreve.

esquerda ou direita

Nada de política.
Muito menos polícia.
Só um leve problema para distinguir
o lado direito do lado esquerdo do corpo.

Será que esse lado são as costas da frente?
Ou será que o lado bifurca a gente?
Nunca sei para onde viro
mas estalo os dedos
e sigo.

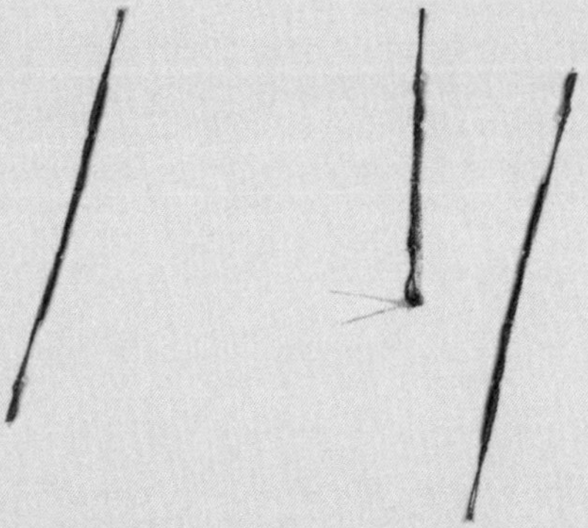

essência

Cortei os excessos.

Sobraram

e c o s.

a ele eme a

Percebi em choque que alma
é mala.
Percebi num segundo choque que alma
é lama.

Ah, o português,
quanta sabedoria!

E a alma que tenho que carregar, com toda a carga de pecados
até o meu último suspiro, se tornou literalmente meu fardo:
a mala de lama.

Bendita a hora de voltar ao pó e subir sem bagagem,
bailando com anjos.

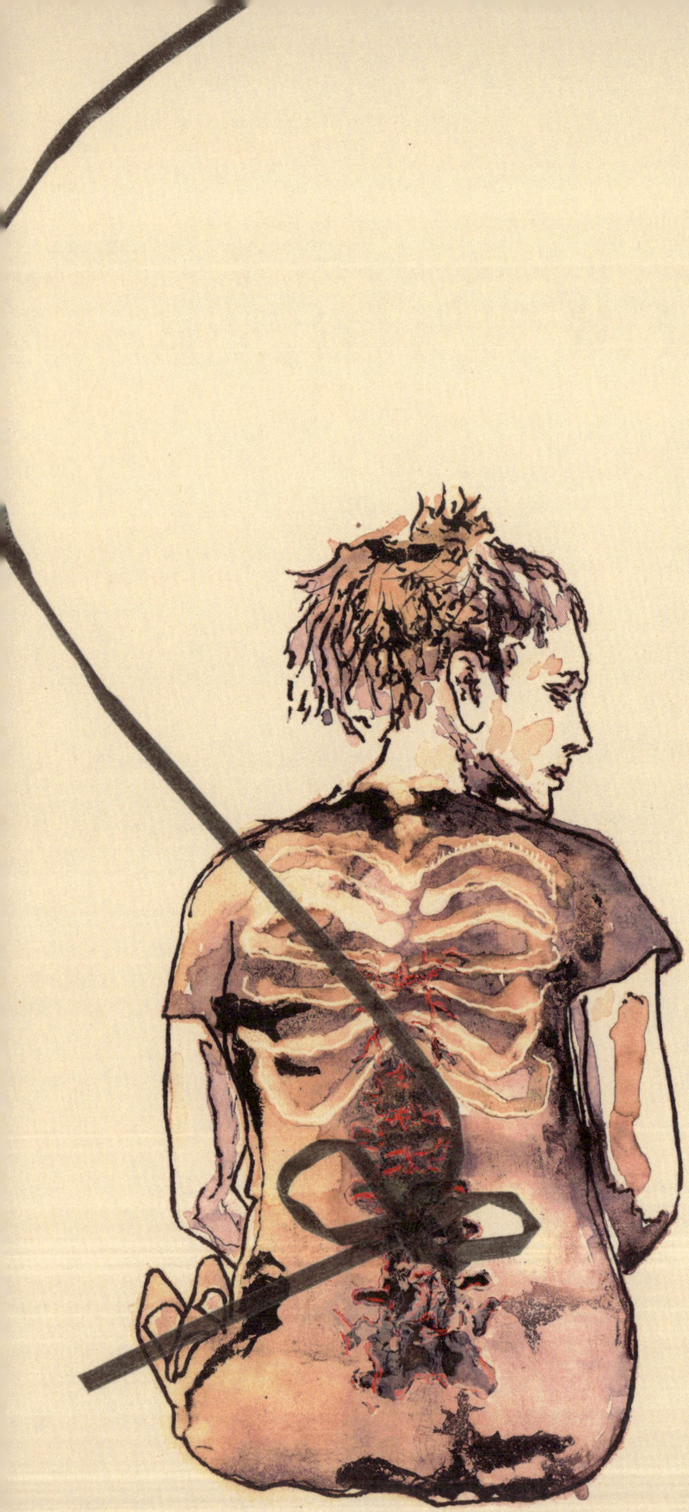

memórias de uma hérnia extrusa

A célebre “facada pelas costas”.
Foi golpe baixo, bem na lombar.
Naquele mesmo lugar onde a febre me arde desde menina.

Quisera ter escutado Lennon e McCartney:
Don't carry the world upon your shoulders.

E mais *Para Lennon e McCartney*,
que sabiamente miltonava:
não precisa medo, não, nem solidão, nem timidez.

O que eu não sabia do lixo
agora boia no potinho.

quando a poesia engole

Falta de educação!

Nunca soube que devemos mastigar pelo menos 30 vezes cada pedaço?

E num ritmo lento, saboreando.

Agora você me engole e quebra todas as regras do meu *mindful eating.*

Saiba que tenho texturas, cores, cheiros, nutrientes, gostos e desgostos.

Saiba que não sou digerível.

Saiba também que já fui engolida pela dança.

Ainda criança. Quanta crueldade!

Desconfio que foi trama sua.

Mas não devolvo com a mesma moeda.

Agora sou madura o suficiente para te mastigar com plena atenção.

Te respeito e te aceito no meu corpo pela boca. Te como com educação.

Poesia, dança e eu.

Antropófagas.

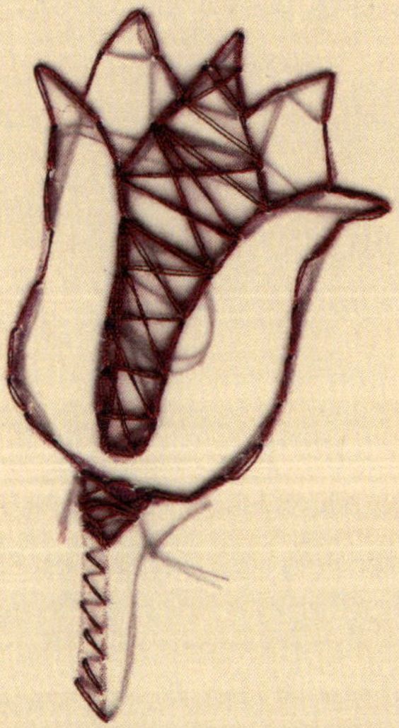

Agradecimentos

Agradeço de coração a toda equipe deste projeto que, literalmente, entrou na dança comigo. Em especial à Maíra Melo, por captar com sensibilidade e elegância a essência do livro; à Luciana Tanure, Alencar Perdigão, Cláudia Masini e Thásia de Medeiros, por serem uma equipe incrível que acredita, apoia e viabiliza, nos dias de hoje, possibilidades literárias e encontros poéticos que vão além das publicações.

Gostaria de agradecer imensamente ao meu amigo Emerson Penha, pelo suporte das ideias; ao Luiz Flávio Silva, por me ajudar na reconciliação com o dentro e o fora de mim; às queridas Marília Pires, Miriam Vieira e Kátia Rabello, pela apreciação do projeto; à Júnia Haddad, pela gentileza da revisão em francês, merci! E à amiga Suely Machado, pela parceria na arte e na vida e por me presentear com o belíssimo texto do prefácio.

Por fim, agradeço aos queridos que não poderia deixar de mencionar aqui:

Meu marido, Rubens, meus filhos, Rita e Artur, e meus pais, Mauro e Andréa.

Minhas diretoras Lúcia Vieira e Suely Machado.

Minha eterna maître Bettina Bellomo.

Minha professora e coreógrafa de tantos momentos Dudude, pela inspiração.

E aos meus tantos outros diretores, professores, coreógrafos, técnicos, produtores, colegas bailarinos, artistas e companheiros da Dança.

É uma honra tê-los na minha história.

A todos vocês, minha révérence e meu muito obrigada!

Esta obra foi composta em DINPro e
impressa pela Formato Artes Gráficas
sobre papel Pólen Bold para a Editora
Quixote+Do em agosto de 2019.

MISTO
Papel proveniente de
fontes responsáveis
FSC® C092828
FSC
www.fsc.org

PRINTED WITH
SOY INK®